패배는 나의 힘

패배는 나의 힘

황 규 관 시 집

창비

차 례

제3부

제4부

제1부

흐르는 살

살이 말을 녹인다

잎사귀 무성한 나무에서
새는, 아무 형체도 없이 울음만
바깥세상으로 내보내고 있다
그게 사실은 나무의 살과 새의 살이
녹아 흐르는 소리라는 것,

말이 녹으면 노래가 되고
살이 살과 섞이면 형언할 수 없는 리듬이
허공에 가득 찬다

그러므로 이 가냘픈 몸 안에
흐르고자 하는 욕망이 번득이는 것,

나는 이승의 어떤 탐닉에 대해서는 너그러워지기로
했다

살이 얼었던 마음을 녹인다
살이 굳어버린 영혼을 살린다
강물 같은 살이
달빛 같은 살이

쌀을 푸다

아내가 사온 쌀은 여주쌀
20킬로그램 한 포대에 사만팔천원이나 한다

서로 바쁘다는 핑계로 깻잎무침 오천원어치
구운 김 삼천원어치 등등, 이렇게
나는 금방 장에서 돌아와 쌀을 푼다

우리 가족만 먹고살겠다고 죽여야 했던 생명이 있었다

그후로 내 입에 들어가는 것이
죽은 목숨들의 눈알이며 정강이뼈일지 모른다고
고속도로에 납작 죽어 엎드린
고양이의 피 묻은 털이 확실하다고
무릎이 시리기 시작했다

우리 가족을 위해 오늘 이것저것 사온 총액이
무려 십만오천원

아프리카의 굶주린 아이들을 떠올리는 관념 따위가
바꿀 수 있는 생활은 아니지만
뜨거운 팔월의 햇볕을
심장 가득 받아들인 다음에야
쌀을 안칠 수 있는 걸까

쌀을 푸는 손이 자꾸 헛손질을 한다

발을 씻으며

사람이 만든다는 제법 엄숙한 길을
언제부턴가 깊이 불신하게 되었다
흐르는 물에 후끈거리는 발을 씻으며
엄지발톱에 낀 양말의 보풀까지 떼어내며
이 고단한 발이 길이었고
이렇게 발을 씻는 순간에 지워지는 것도
또한 길이라는 걸 알게 되었다
때로는 종달새 울음 같은 사랑을 위해
언젠가는 가슴에서 들끓던 대지를
험한 세상에 부려놓으려 길이,
되었다가 미처 그것을 놓지 못한 발
그러니까 씻겨내려가는 건 먼지나 땀이 아니라
세상에 여태 남겨진 나의 흔적들이다
지상에서 가장 큰 경외가
당신의 발을 씻겨주는 일이라는 건
두 발이 저지른 길을 대신 지워주는 의례여서 그렇다
사람이 만든 길을 지우지 못해

풀꽃도 짐승의 숨결도 사라져가고 있는데
산모퉁이도 으깨어져 신음하고 있는데
오늘도 오래 걸었으니 발을 씻자
흐르는 물에 길을, 씻자

아침 똥

아침에 싸는 똥은
어젯밤의 내 내력이다
그러니까 몸뚱이의 무늬다
무얼 먹었는지
무슨 맘을 가졌는지
싸웠는지 하하 즐거웠는지
남김없이 보여준다
사랑과 폐허, 그리고 원망과 주저 등을
몸은 끙, 한마디로 말한다
쌓아두지 않는 게 몸의 운명인데
내가 지금껏 한 고백들, 선언들, 다짐들은
모두 무언가에 짓눌려 뱉어진 것이다
그리고 내 업이 되어버렸다
지금껏 그걸 모르고 살았는데
오늘 아침에도 똥은
아무 형식도 없이 쏟아진다
어젯밤에 술 취해 고성을 질렀던

핏대도 아프게 쏟아진다
귀 기울여보면
대체 무엇이 이보다 더 냄새나는 말인가
이 세상에
햇빛이 가닿은 우주 안에

완전한 슬픔

아내가 내 수입에 만족하지 못하는 것은
당연한 일이다 내가 갖다 쓰는 게 많아서가 아니라
아이들에게 들어가는 학원비며 그런 것들 탓이 아니라
여전히 우리의 생활은 부족하지 않느냐는
무의식적인, 하지만 내게는 족쇄 같은 항변이다
4월이 되니 목련이 피고 모든 아름다움의 끝은
시커먼 상심일지 모르나, 그러나 그렇지 않다
내 수입은 완전하다 어떤 핑계와 굴욕과
타락한 삿대질을 갖다대어도
아무렇지 않게 아내를 눕히려는 건
자위나 오기가 아니다 여기까지도 완전한데
왜 우리는 결핍에 시달리며 사랑을 해야 하나
봄비 그친 오늘 아침엔
마른 가지마다 어린잎이 입도 안 가리고 웃었다
그게 우주고 또 우리의 생활은 거기서 피어나는 것,
이제야 어떤 비밀을 알았다는 순간의 오만함으로
아내여 아무 전제 없이 불을 끄자

그러나 끝내 내게 오지 않은 애인이나 가슴의
밑바닥에서 울부짖는 텅 빈 심연은 모른 척해다오
우리는 완전하니까 가냘픈 수입도
크는 새끼들의 주전부리도 가난한 잠자리도
완전한 만큼 슬픔은 맑은 거니까

화장실 앞에서 밥을 먹다

화장실 앞에서 밥을 먹는다
네 식구가 열일곱 평 낡은 아파트에서
뒹굴며 사는 일이 이렇다
내가 출근을 하려 나간 문으로
학교 끝난 딸아이가 들어오고
아내가 머리 감고 나온 화장실로
아들놈이 바지춤을 부여잡고 뛰어들어간다
들어오고 나가고 먹고 싸는 일
그치지 않는 이 단순한 형식이 결코 가볍지 않아진 건
화장실 앞에서 밥을 먹는
작은 집에 살고 나서부터다
해가 뜨고 지는 일이나
태어나서 죽는 일도 이와 닮았다는 생각이다
간신히 세상의 끄트머리에 매달려 사는 동안
내 안에 쌓인 게 아무것도 없다는 게
얼마나 경이로운 일인가
먹고 모두 싸버렸다는 게

얼마나 고마운 가난인가
아무리 수세식이라지만
아이들이 가끔 얼굴을 찌푸리기도 하는
화장실 앞에서 밥을 먹는다
밥을 먹는다

아픈 세상

없는 사람에게는 늘 아픔이 있다
먹구름 잔뜩 품은 하늘이
언제나 천둥을 만들어내듯
지상의 눈동자에 휘두를 번개를 깊이 품고 있듯
가난한 사람에게는 사랑도
아픔이거나 그 깊은 흉터다
허리에 침을 꽂고 엎드려 있는데
먹고살기도 힘든데 안 아픈 데가 없다는
중년 여자의 서글픈 목소리가 들려왔다
아픔을 낫겠다고 약도 먹고
침도 맞는 거겠지만
아픔은 항상 어디선가 샘솟는다
아니, 아파서 산다
청춘을 불로 지진 사랑이
식지 않은 분화구가 되어
더러는 아픔을 빛나게 증명하듯
사는 건 아픈 일이다 그러나

아프고 아파서 아픔이 웃을 때까지
천천히 가는 길이다

문득, 집 앞에서

조금 거리를 둔 채 살아가면 된다
사랑은 심장에서 고동치면 된다
피의 온도를 알고 싶거든
혼자 강가를 거닐어보면 된다
어제를 회개하지 않고
오늘까지만 내 힘으로 완성하듯
이제는 완전히 못쓰게 된
큰애 나이의 세탁기에게 빨랫감을 넘기지 말 것
그러나 더러운 세상을 숨기지 말 것
어떤 도덕도 나를 옭아매지 못하게
자학마저 작은 잎사귀를 피우게
미묘한 거리를 가진 채
어제를 회개하지 않고
얼마 남지 않은 오늘을 숨쉬면 된다
아직 피지 않은 꽃을
간절히 믿으면 된다
새끼들의 웃음을 따라 웃으면 된다

우회하는 길

이 길이 우회하는 길이다
부딪쳐 흘러야 할 피를 피한다고 욕하지 마라
강물을 따라가는 길
산모퉁이를 돌아가는 길이다
풍경을 훔치려는 허튼 욕망을
끝내 버리지 못한다 해도
까마득한 벼랑을 옆구리에 끼고도는 길이다
힘차게 휘어지는 물살이
어지러워 말을 빼앗기는 길이다
곧장 가며 흘릴 수 있는 피의 색깔을
잠깐 꽃에게 물어보는 길이다
이 길이 우회하는 길이다
조금 늦게 도착하는 길이다
아니 영영 떠도는 길
혼자되는 길
심장이 뜨거워지는, 괴로운 길이다

빛나는 뼈

살점을 다 발라먹자 조기는 뼈로 누웠다
바다 속을 누비며 살 때는 전혀 예측 못한 순간이지만
가는 지느러미는 아마 보이지 않는 세계가 길렀을 것
이다
원하지 않았어도 결국 뜯길 몸,
그래도 입질은 쉴 수 없었으므로
뼈라도 덩그러니 빛나는 것 아니겠는가
바다를 떠나면 죽음은 시작되나
다시 거기서부터 다른 생(生)이 펼쳐지듯
미동도 없이 길게 누웠다
누구나 마지막엔 하얀 뼈가 되지만
제 살로 삼았던 세계가 풍성한 만큼만 빛나는 것인가
진신사리가 무엇인가,
살면서 건네받은 몸을
다른 입에게 건네줄 수밖에 없음을 증명하는 것이라 생
각하니
까닭모를 울음이 가슴 가득 차올랐다

내 뼈의 색깔이 그후로 내내 궁금해졌다

풍요로운 운명

인도양 연안에 일어난 지진해일로
수만명의 가난한 사람들이 죽었다는데
지구는 그것도 모르고
지금도 어느 가난한 섬나라를
아니면 한갓진 바닷가 마을을
태풍으로 벅벅 긁고 있을지도 모르겠다
단지 불덩이인 태양으로부터
이만치 떨어져 불 쬐는 지구가
아무리 생각해도 신기하고 은혜롭다가도
가끔은 가슴 아리는 밀물에 견디기 어려워진다
소름 돋는 폐허의 웃음이
꽃잎을 피우는 따뜻한 입김과 한얼굴이라니!
이 별의 아뜩한 심중(心中)이
운명 아닌가 나는 생각하는데,
참으로 슬프고 풍요롭지 않은가 말이다
출근할 직장이 없어
물가를 혼자 걷다가

뭉게구름과 노을이 묘하게 뒤섞인 하늘을 봤다

젖은 눈을 훔치며 멍하니 서 있었다

새는 대지의 힘으로 난다

새는 대지의 힘으로 난다
날아오르는 순간도 그렇지만
하늘에 긋는 불립문자들도
발목에 쟁여진 대지의 힘으로 쓴 것이다

아이를 낳은 여자가 둥글어지다 못해
점점 흙이 되어가는 세월을 사는 게
자식들의 까마득한 비상 때문이듯
추락 또한 가만히 예견한 탓이듯

하늘의 역사는
대지가 내뿜은 숨결의 배열에 지나지 않는 것,

그걸 새의 가벼운 이륙이 물어다놔서
노을은 붉은 건가
간밤에 무서리 내리는 건가

새가 발목을 힘껏 오므리자
구름이 뭉게뭉게 가득해졌다

낮은 목소리

풀잎이 들려주는 목소리가
혁명의 노래야

갓난아이의 배냇짓 같은
폭포소리의 극점 같은
단지 밥 넘어가는 목구멍의 깊은 울림 같은
낮은 목소리가

너무 낮고 낮아
보이지 않는
들리지 않는
우주의 선율이

바람에 흔들리다
끝내는 떨어지는 나뭇잎의 비명이
들리지 않는 거대한 침묵이

상처를 물밀듯 넘어오는 기쁨이야

지금보다 더 낮고
낮은 목소리
어제보다 낮은
내일의 목소리

변명

노동조합이 세상을 바꿀 수 있겠느냐고 묻자
그는 나를 타락한 변절자 보듯 쳐다본다
그런 낙인 따위에 나는 더이상 굴하지 않는다
해고와 복직을 두 번이나 겪은 강자답게
그의 목소리는 약간 쉬었고 힘이 넘쳤다
역사에 배신자는 항상 있어왔지만
투쟁하는 자에 의해 진보한다는 신념을 거듭 밝히는 그를
아무래도 나는 신뢰할 자신이 생기지 않는다
진지한 술자리를 기피한 지가 오래되어서
나는 시시한 얘기를 하고 싶었지만
그가 내 웃음마저 비굴한 자의 경련이라 생각할지 몰라
귀를 세운 채 자꾸 의심만 하고 있었던 거다
그는, 너무도 명확한 답을 가지고 있다
그는 타락도 비굴도 모른다
그는 울음도 모른다
(모르는 게 아니라 모르는 척하는 것 같다)

나는 그래서 노동조합으로는 안된다고 생각하는 치
지만
그건 다른 희망이 있거나
격한 절망을 품고 있어서가 아니라
정말 모르기 때문에 자꾸 물어보는 것이다
변명이라면 내 변명의 진실이 이것이다
매음도 깨달음도 한얼굴 같다는 혼돈 때문에 더더욱
그렇다

무명

어둠을 비추는 힘은 불빛에게 있지 않다

가을햇빛에 드러나는 세계의 형형색색이나
쪽빛 하늘에 뜬 흰 뭉게구름이
가장 낮고 고독한
영혼의 눈빛에게 나타나듯

무명이 백광(白光)을 품고 있다

바람도 함성도
모두 무명의 가늠할 수 없는 힘이 만든다

타오르는 불길 속에서
거대하게 일렁이는
종잡을 수 없는 무명이

제2부

금강경을 옮겨적다

결국 직장에서 팽개쳐지고
밤마다 금강경을 옮겨적는다
어지러운 마음을 추스르기 위해서가 아니라
다시 은밀한 생각을 갖기 위해서라면
너무 늦은 일일까
若見諸相非相, 卽見如來
지금껏 내가 보아온 게 모두 허상임을 안다면
다른 세상을 살 수 있다는데
아침에 일어나 다시 뒷산을 걸어도
떡갈나무야, 나는 아직 아는 바가 없구나
분노보다도 슬픔에 익숙해진 이후라야
혼자 길을 갈 수 있을까
가난, 사랑, 바람, 잎사귀, 자벌레
이런 뭉게구름 같은 말들에 마음이 닿는지
옮겨적은 말씀이 가벼웁다
미워하되 미워하는 마음을 버리고
사랑하되 사랑하는 마음을 갖지 않는 일

아직 아득하고 괴로운 일이니
오늘밤에는 한 줄 더 옮겨적자

어머니의 성모상

언제부터인지 모르겠지만
대낮에도 어두운 고향집에 가면
방 한쪽에 성모상과 촛불이 서 있다
가만 보면 살짝 팔짱을 껴보고 싶은 여인 같은데
어머니는 무슨 기도를 하시려고
방에다 성모상까지 모셔놔야 했을까
대한성서공회간 공동번역성서도 더듬더듬 읽는 양반이
끝내 말이 되지 못한 사연 같은 걸
아직도 품고 사신다는 얘기 같아
마당에 넌 빨간 고추만 바라보곤 했다
나는 신(神)을 부수며 살았고
어머니는 그걸 받아들인 것이다
당신의 말하기 힘든 시절이
유전되고 증식된다는 걸
때로는 벗어나려 몸부림도 쳤다는 걸
어머니는 알고 계신다는 생각에
나는 그 앞에만 앉으면 유순해진다

어느날은 세상에게, 장대비 쏟아지던 길 위에서
그만 무릎 꿇고 싶었지만
어머니의 성모상 앞이 아니라면 절대 그런 일 없을 거
라고
다시 마음을 뿌드득 움켜쥐어보기도 했는데
나는 아직껏 입술 달싹이는 어머니의 기도를
한마디도 알아듣지 못하고 있다

상처에서 자라다

아이 생일선물로
제라늄 화분을 사냈는데
집이 좁은 탓인지
이리저리 걸리다 꽃핀 가지 하나가
그만 부러져버렸다

화분 하나도 용납하지 않는 생활이
원망스럽기도 하고 죄스럽기도 해서
묵직한 마음이 며칠이었던가

어느날
부러진 자리에서 새잎이 난다고
아이가 소리치기에
한참을 그 새잎만 바라보았다

돌이켜보면 소용돌이 같은 상처에서 나는 자랐고
아물지 않은 흔적으로

세상에 맞서왔지만

말이 되지 못해 스스로 어두워진 상처가
지금도 용암처럼 넘쳐나와
나를 만들고 있는 것만 같았다

변두리가 되어가다

십년을 한 곳에서 살기란
여간 불편한 일이 아니다
낯가리는 내게도 인사하는 이웃이 생겼고
살구꽃처럼 이사를 왔다가
내가 퇴근 후 주점에서 술 마시는 동안에
멀리 가버린 이들도 있다
다만 아이들 머리통 크는 것을 바라보며
밥을 먹었단 말이 맞을 것 같다
마음에 생기는 울타리를 깨버리잔 생각에 골똘하다
그릴 수 있는 몸의 동선(動線)이 협소해진 건
도대체 언제 일어난 일일까
혼자 볕을 쬐며 걷는 길옆에
피어난 민들레를 보며 쓸쓸했으나
굽이쳐 흐르는 안양천 냇물이나
출근길 느티나무 그늘 같은 것, 혹은
종아리가 단단한 미용실 원장의 웃음만
무연히 바라볼 수 있게 된 거다

비밀을 만드는 심장의 울음이
문득 사라져버린 일상이
세상을 닮았다는 느낌이지만
내가 변두리 마을이 되어가는 이 풍경에
울다가 웃다가 하는 일이 가끔 있다

멀리 보다

책상에 머리 박고 일하다
창밖 먼데를 본다
강가에 왜가리 한 마리 앉고
아들놈이 공 차고 있을 학교운동장 쪽에
먹구름 사이를 비집고 강림하는 햇살
더 멀리는
솔잎혹파리에 몸이 아픈
구름산 소나무숲이다
멀리 보면 보인다
가슴을 연 채 돌아가신
어린 나를 버린 아버지도 보이고
외등이 혼자 떨고 있는 골목길
내 가슴을 할퀴던 당신의 눈빛도 떠오른다
살면서 조금 더 먼데를 보는 일
이 세상을 훌쩍 떠나고 싶은 유혹이지만
그래, 밥은 벌어야지
다시 책상에 머리 박고 일하는

잿빛 머리를 가진 나도 보인다

그게 멀리 보니 보인다

다림질

일요일 밤마다 다림질을 하는 건
순전히 다음날 출근을 위한 일이지만
그래도 더러는 지겨워서 게으름도 피우지만
바지나 셔츠의 구김은
아내가 세탁기로 빨래를 한 탓이 아니라는 생각이 든다
밥 버는 일, 새처럼 쓰린 걸 물고 와서
아이들 앞에 달게 내놓는 일이 결국은
계통 없는 구김을 만드는 것이다
그러니까 일요일 밤마다 쭈그려앉아 하는 다림질은
지난 시간의 굴욕을 황급히 손사래치며
반듯하게, 아무렇지 않게 펴는 일이다
물을 뿌리고 안감이 접히지 않도록
뜨거운 다리미를 지그시 눌러 미는 일은
또 한주일 동안 접혀질 구김을 미리 길들이기 위해
남몰래 치르는 비겁한 의식인 것이다
구김을 품는 만큼 들리는 물소리를 지워버리는 일이다
그 구김 사이, 먼저 것과 최근 것 사이

만난 사람과 만날 사람 사이
우글대는 거짓과 번민에 뜨거워지지도 못하면서
옷이 싸구려라 다림질이 힘들다고 짜증만 낸다
일요일 밤에 나는 그렇게 타락해간다
아무도 모르게 작아져간다

어머니의 뼈를 만지다

어머니는 뼈를 이승에 덜어내고 있는 중이다
동생이 해드리기로 했던 이[齒]도 그렇고
날이 갈수록 점점 서산 쪽으로 구부러지는
허리도 그렇다
재작년에 부러졌던 손목이 아직도 욱신거려야
그러니깐 이제 일 좀 그만 하시라니까요
대학 건물 청소부 일 마치고 일군
언덕 귀퉁이 뙈기밭 매고 오시는 어머니에게
세상의 모든 자식들은 이렇게 말하지만
그게 그러니까 가지려는 게 아니라
한움큼이라도 덜어내는 일이라는 걸 깨닫기까지
비바람은 숱하게 들이칠 것이다
그래 거기 좀 주물러라
오랜만에 만지는 어머니의 마른 뼈마디는
훔치고 차리고 일구는 일이 끝나는 즈음에야
평생 어두웠던 하늘이 거둬줄 것이다
버리겠다는 생각도 없이 어머니는

지금 먼지 한올로 되돌아가는 중이다
사람이 뭘 가지고 온 게 있간디
그냥 왔다 그냥 간다는 남루 한 채를
시원하게 위무하기엔 아직 나는 피가 더운데
어머니는 자꾸 덜어내고
나는 뭔가를 더 가지고 싶어
가슴이 자꾸 뭉치었다

전기콘쎈트가 망가진 게 언젯적 일이냐

망가진 전기콘쎈트를 바꾸기 위해
신발장을 치우고 계량기 덮개를 뜯어내도
차단기가 보이지 않는다
나는 아직 감전의 위험을 무릅쓸 자신이 한푼도 없는데
오년 동안 산 집의 차단기 하나 찾지 못해 허둥대다
짜증을 내고 북한산 등산을 가고 없는 아내를 탓하고
선선한 10월의 한낮인데도 땀을 흘렸다
이런 비루함은 한사코 버리자고 했건만 고작 전기콘쎈
트 때문에
혼자 화가 나고 부끄럽고 슬프기까지 한 것은
아주 작은 사랑이 모자란 때문이다
가보지 못한 길 앞에서나 굶는 아이들 돕자는
모금통을 바라보며 나는 너무 생각만 많았다
아무런 출혈이 없었다
봐라, 전기콘쎈트가 망가진 게 언젯적 일이냐
몰래 가슴만 앓는 게 사랑이라 오래 믿어왔으므로
현관문 가까이에 있는 차단기가 보이지 않았던 거다

의심은 많고 뜨거움이, 작은 행동이 없었던 것이다
차단기는 바로 현관문 근처가 아니라
은밀하고 쉬이 보이지 않는 그럴듯한 데에 있으리라
생각했으므로
바꿔 단 전기콘쎈트에 마지막 나사를 박아놓고
그만 힘이 빠져버린 건 당연한 일이다
다시 꽂은 플러그에 파란 스파크가 이는 건
가슴에 아픈 회열이 소용돌이치는 건

자전거

아파트 복도에 자전거가 기대 서 있다
큰애가 내리자 작은애가 한때
즐겁게 달렸던 낡은 자전거
중학교 삼년, 자전거만 타면
어디든지 갈 수 있을 것 같았다
자주 체인이 벗겨지고 벨은 망가졌어도
달리는 일, 장딴지의 힘을 더 키우고 싶었던 게
가슴에서 요동치는 멍 때문이었음을
훗날 멈추고 나서 알았다
자전거는 무엇을 태우는 일에 골몰하느라
아예 먼지덩어리가 됐을까
귓바퀴에 씽씽 바람 불도록 달리다보면
닿은 곳은 자갈투성이 학교 진입로였다
내지 못한 수업료에 자전거는 절룩거리는데,
나는 아이들이 버린 자전거를
물끄러미 바라볼 뿐이다
세상에 대한 미움으로 내 장딴지는 자라서

나는 정말 자전거가 되었다
바람에 몸부림치는 느티나무 아래를 지나
바퀴가 타도록 달리는 자전거
다시 달리는 꿈을 꾸는 버려진 자전거

쇳소리

아내에게서 쇳소리가 난다
가난 때문에, 가난을 메우려고
놀려야 하는 몸뚱이가 새끼들의 떼에 부딪히고
내 무능에 긁혀지다 못해 밖으로
튀어나온다 붉은 영혼이 검게 변해가는 소리다
그게 사실은 내게서 건너간 것이지만
삶은 끝없는 자학일 뿐인가
가난해서 성자가 되는 길을 나는 모른다
겨우내 허공 가득히 써놓은 눈발의 언어를
끝내 읽지 못한 것이다
내 꿈은 은행빚을 탕감받는 게 아니라
이 비루함을 더 큰 비루함으로 완성하는 것,
그게 혼자 끙끙대는 혁명이다
이제 나를 소모시키는 일없이 사는 꿈을 버리마
바람에 부유할 먼지만한 힘이 남아 있다면
소모가 곧 창조가 되는 바늘구멍만한 길을
다시 처음부터 걷겠다는 생각이

아내에게서 나는 쉿소리를 듣고 들었다
내 대신 악다구니를 쓰는 아내로부터

집을 나간 아내에게

당신과 내가 멀어지니 이렇게 좋군
아이들을 위해
가장 가깝게 뜨겁게 살았을 적에
세상은 얼마나 징그러웠었나
조금만 더 멀어지면
아니 이렇게 마지막을 느끼면서
가만히 어루만질 거리마저 생기고 나니
장미꽃이 유독 붉군
생각해봐 우리는 지금껏 색맹이었어
딸애의 피아노를 위해
다달이 갚아야 할 대출금 이자를 위해
혹은 (무엇보다도 하찮은) 과한 내 술 욕심 때문에
함께 꽃잎 한장 바라보지 못했다는 게
정말 말이나 되나?
이렇게 멀어지니 좋군
우린 너무 가깝게 뜨겁게 살아왔어
당신이 정말 내 곁을 떠난대도

사랑이라는 거 좀 유치한 행복이라는 거 대신
그냥 웃을 수 있다는 뜻은 말야
당신이 미워서가 아니지
늦진 않았지만,
이제야 당신이 생각나고
생각나는 당신이 다른 사람이라는 걸 알게 되는 일,
그리고 마지막을 몸으로 느끼는 일이
이렇게 좋군
나마저 달라지는군

폭설

어머니가 빙판에 미끄러져 손목이 부러지셨다
시골 터미널 앞 병원에 도착하니
퉁퉁 부은 어머니의 오른손
한가하게 산보하다 맞은 날벼락이 아니라
당신이 사시는 아파트 청소를 하고
달에 40만원 벌다 당하신 산재다
환갑을 넘긴 양반이, 산재라니!
(병원비 걱정은 없겠구나)
가슴을 쓸어내리며 나는 병원 계단에서
끊은 담배를 깊이 태웠다
하늘이 너무 파래 어지러웠다
10만원권 한장 못 내놓고 병원문 나설 때
내 마음이 길바닥보다 더 빙판임을
너무 오래 몰랐다는 걸 알았다
삶이 재앙이라는 생각,
이제 그만 떨쳐내고 싶었는데
해 떨어져 씨 다른 동생과 삼겹살을 구울 때

난데없이 폭설이 내렸다

세상에서 내가 지워지고 있었다

우체국을 가며

다시 이력서를 써서
서울을 떠날 때보다 추레해진
사진도 붙이고, 맘에도 없는
기회를 주신다면 열심히 일하겠습니다,
로 끝나는 자기소개서를 덧붙여
우체국을 간다
컴퓨터로 찍힌 월급명세서를 받으며 느낀 참담함이
싫어
얼빠진 노동조합이나
제 밥줄에 목맨 회사 간부들과 싸우는 것이
마치 아귀다툼 같아서 떠나온 곳에게
무릎을 꿇은 것이다
밥 때문에
삐쩍 마른 자식놈 눈빛 때문에
이렇게 내 영혼을 팔려는 짓이
옳은 일인지 그른 일인지
왜 그럴까, 알고 싶지가 않다

나는 이렇게 늘 패배하며 산다
조금만 더 가면, 여기서 한발짝만 더 가면
금빛 들판에서
비뚤어진 허수아비로 살 수 있을 것 같았는데
그것마저 내게는 욕심이었다
이력서를 부치러 우체국을 간다
한때 밤새워 쓴 편지를 부치던 곳에
생(生)의 서랍을 샅샅이 뒤져
1987년 포철공고 졸업 1991년 육군 만기제대
이따위 먼지까지 탈탈 털어서 간다

배경에 대하여

한계령 고갯마루에서 찍은 사진을 보다
내 배경은 흐릿한 원거리임을 불현듯 깨닫는다
돌아보면 소용돌이 같은 낭떠러지,
그게 애인을 떠나보내고
세상에 안착하는 걸 방해했던 것
지금껏 그걸 모르고 살았다
빛나는 내일이 가지고 싶던 때도
꿈틀대는 건 어두운 배경이었을 뿐
웃었으나 울었고
사랑했으나 미워했다
모든 게 다시 배경이 되었다
그러므로 먼 길이 내게 허락된다면
단지 적막만 취하고
망각의 강 앞에 혼자 서고 싶다
이제 믿는 건 내 배경밖에 없으므로

제3부

반성

어젯밤은 너무 기름졌다
웃음 위로 쏟아지던 불빛은 다만 잉여였을 뿐
아침에 일어나 버린 음식물 쓰레기는
빨래를 세탁하며 쏟아부은 물동이는
도대체 언제 끝날지 모른다는 게
화석 같은 숙제가 되어버렸다
나이가 들면서 부족해지는 건 골밀도가 아니다
생활을 핑계로 어느새
존재가 바싹바싹 말라가는 것이다
노래가 흔적없이 사라져버리고
추한 외로움이 모든 걸 대체해버렸다
까닭은 있었지만 어젯밤은 절제를 잃었다
노동이 변질시킨 사랑 때문이 아닐까
한번 의심도 했지만
이제 빈손으로 하는 혁명을 꿈꿀 시간
역사는 소유하지 말기로 하자
그러나 한동안은 달빛 적적한 길 위에서

밤고양이처럼 서성일지 모르겠다

기름진 세상에 나를 물으며

내게 이 화택(火宅)을 한번 더 권하며

장외투쟁

즐겨보는 다큐멘터리 프로그램의 주 무대는
끝모를 창공이거나 바닷속, 아니면 드넓은 들판이다
얼룩말이 사자의 이빨을 피해 탱탱한 다리로 내달릴 때
그러다 간혹 사자의 이빨에 생(生)이 콱 박힐 때
함께 보던 아이도 그만 숙연해져버리곤 하는데
장외에서 벌이는 그 투쟁의 순간에는
아무런 말이 필요치 않았던 거다
거친 숨결과 짧은 비명에 더불어 황혼이 내려앉는다
사자는 다만 노을에 젖어 주둥이를 뚝뚝 흘릴 뿐
장외투쟁은 그렇게 한 페이지를 넘기다가도
어슬렁거리는 한 무리의 눈빛들이 또한
말없이 성큼 동참하는 것이다
그러나 달리고 도망치는 저 장외투쟁의 끝은
언제나 빈손이라는 것!
새끼에게 먹이고 긴 혀로 벌건 주둥이를 훔칠 때
어린 내 얼굴을 미지근한 물로 닦아주던
이제는 늙으신 어머니 손바닥이 떠올랐다

지금 우리의 투쟁은
정녕 장외에서 벌어지고 있는 것인가

비창(悲愴)

더 일하게 해달라는 절규 자체가 비극이다
우리는 강둑을 달리던 웃음도 잃고
흰구름을 보면 맑아지던 영혼도 빼앗기고
그렇지, 가난했던 외등 아래의 설렘도
어쩔 수 없이 그 자리에 놔두고 떠나왔다
돌아갈 길은 아득히 지워졌는데
더 일하면 모든 게 되돌려질 것처럼 내내 믿어왔는데
이제는 밥만 먹게 해달라고* 울어야 한다
초침처럼 빠르게 계산을 하겠다고
화장실 변기를 반짝반짝 닦겠다고
외주 용역은 안된다,
찬 바닥에 드러누워야 한다
내 몸을 구석구석 착취해달라는 절규 자체가
너무 지독한 치욕인데
치욕에 대한 예의도 모르는 자들에게
무엇보다,
우리가 먹는 밥이 뜨거운 까닭이

자신들의 착취 때문임을 죽어도 알 수 없는 자들에게
더 일하게 해달라며 검게 타버린 영혼을
남김없이 보여줘야 하다니!

가지기 싫은 원한을
한 아름씩 나눠가져야 하는 것 자체가
너무나 무거운 비극이다

* "우리가 정규직이 돼서 한달에 150만원이나 200만원 받고
싶다는 것도 아니잖아요. 한달에 80만원, 1년에 960만원 벌
게 해달라는 거잖아요. 비정규직으로라도 계속 계약을 갱신
하면서 일을 하게 해달라는 건데, 그게 이렇게까지 당해야
할 일인가요?"(어느 이랜드 노조원의 말, 프레시안 2007년 7월 20일자)

패배는 나의 힘

어제는 내가 졌다
그러나 언제쯤 굴욕을 버릴 것인가
지고 난 다음 허름해진 어깨 위로
바람이 불고, 더 깊은 곳
언어가 닿지 않는 심연을 보았다
오늘도 나는 졌다
패배에 속옷까지 젖었다
적은 내게 모두를 댓가로 요구했지만
나는 아직 그걸 못하고 있다
사실은 이게 더 큰 굴욕이다
이기는 게 희망이나 선(善)이라고
누가 뿌리 깊게 유혹하였나
해야 할 일이 있다면 다시 싸움을 맞는 일
이게 승리나 패배보다 먼저 아닌가
거기서 끝까지 싸워야
눈빛이 텅 빈 침묵이 되어야
어떤 싸움도 치를 수 있는 것

끝내 패배한 자여,
패배가 웃음이다
그치지 않고 부는 바람이다

이제는 세상의 불빛을 끌 때

길마저 지워진 막막한 곳에 있으면
세상에 불빛이 너무 많다는 걸 깨닫게 된다
밤하늘에 빛나는 별빛 때문이 아니라
어둔 숲속을 지나가는 바람이
내 심장에 개똥벌레 꽁무니를 심어놓은 것이다
세상은 너무 밝다
발아래 흐르는 계곡물소리보다 밝고
잊지 못하는 사람이 자꾸 나타나는 마음보다
수만 배는 밝다
밝고 밝다
한강가에 켜놓은 가로등 수만큼은 함성이 있어야
혁명이라 믿었던 때도 있었지만
백로 지나 우는 귀뚜리 울음에
귀가 지금껏 젖어 있다
퇴행이라 해도 좋으니 이제는 세상의 불빛을 끌 때
새둥지 안에 어둠을
가까스로 정년퇴직을 준비하는 나뭇잎에

이슬방울을 돌려줘야 할 때,
지워진 길도 내버려둘 때다
내 안의 불빛도 이만 끄고
바람이 되어 숲과 울 때다

자본을 읽자

빚에 쪼들리던 한 사람이
제 가족을 이승에서 지우고 자폭해버렸다

이 말하기 힘든 비극에
우리는 모두 지분이 있거나
혹은 고용되어 있다

유월 한낮의 붉은 장미와
측백나무에서 들리는 오목눈이의 울음소리와
가버린 사랑이 남긴 그늘은,

이제 어찌 될 것인가

청계천에 관한 사변

복원된 청계천을 다녀온 이의 말이 아니래도
사시사철 맑은 물이 흐르게 된 놀라움을
신문이고 방송이고 정치인의 입이고
내 귓가에 전해주느라 여념이 없다

음험한 역사의 맨홀 뚜껑이 열리듯
수십년 썩어빠진 냇물에 수억 톤의 햇볕이
아침부터 저녁까지 쏟아진다니
아무런 추억은 없지만 내게도 기쁜 일이다
그러나 나는 아직도 비 오는 날이면
안양천이 여느 때보다 슬쩍 더러워지는 거짓이
상류 어딘가에 변함없이 웅크려 있다는 사실보다
사시사철 맑은 물이 흐른다는 일이
더 큰 기만이라는 생각을 떨칠 수가 없다
기계의 힘을 빌려 한강물을 끌어왔다는 기발함이
어디선가 지금도 돌고 있을 모터의 굉음이
대도시에 짓눌린 사람들의 탄성에 눈 녹듯 사라져버리

는 현실이
어떤 이적(異跡)으로까지 보인다

우리는 너무 오래 더러움에 질식당해왔고 그만큼
무균질의 깨끗함을 갈구해왔다
더러움과 깨끗함을 구별하는 훈련과 교육을
너무 깊이 받아온 것이다

비 그친 오늘도 안양천은 냄새가 수상쩍지만
쑥을 캐는 아낙이 있고 자전거를 달리는 아이도
가쁘게 페달을 밟으며 지나가고 있다
보라, 반듯한 콘크리트 구조물과 달리 굽이진 흐름을
아직 떠나지 않은 겨울철새를
인간이 냇물을 바꿔놓겠다고 생각하는 것도 놀랍지만
자기가 자기를 기만하는 세상에서 나는 밥을 벌고
사랑을 하고 술을 마셔왔다
뜨거운 가슴을 꺼트리지 않으려 애써왔다

그런 것들이 대체 다 무엇이냐

차라리 이따금 냄새나는 물이 흐르는
마을 앞 안양천을 혼자 바라보게 하는 것은
더러움과 거짓을 드러내려는 명철한 의지가 아니라
물가에 살짝 모래무더기를 남겨놓을 줄 아는 힘 때문
이다
거기에는 풀이 자라고 더러는 꽃도 피고
곧 떠날 겨울철새들이 다시 올 거라는 믿음이 있다

그러나 나는 무신론자고
아파트 단지에 배회하는 밤고양이 같은 은둔자가
되고 싶은 희망을 버리지 않았다
그게 고독이고
끝나지 않은 방황이다
청계천의 맑은 물을 믿지 못하는 진짜 이유다

아이들 탓이 아니다

가난한 애비가 자식을 아파트 아래로 던지는 걸 보고
열 살 먹은 아이는, 자기도 크면 그럴지 몰라
너무 무섭다고 말한다
친구들 영어학원 수학학원으로 달려가고
아무도 없는 단칸방이 싫어 몇몇은 학교 야산에 모였다
해 저물어 으스스해진 몸을 끌고 집으로 갈 때
골목 귀퉁이 외등 하나는 빛나겠지
그걸 희망에 빗대는 세상의 모든 비유에 돌을 던지자
결국 밥 한 그릇이 아이들의 영혼이라는 걸
너무 오래 잊고 살았다는 얘기다
미지근한 물에 튼 손과 얼굴을 씻고
침침한 형광등 아래 누울 때까지 엄마아빠는 오지 않
는다
어린 가슴속으로 먹먹한 어둠이 밀려오는데
울음도 찾아와주지 않는다
먼 훗날
장성한 아이들이 제 집에 불을 지르고

핏덩이를 저 아래 시멘트 바닥으로 떠밀 때
그건 아이들 탓이 아니다
패륜도 자해도
다 아이들 탓이 아니다

예감

이제 사랑의 노래는
재개발지역 허름한 주점에서 부를 것이다
가난한 평화는 한 블록씩 깨어지고 있다
그 아픔의 마른 냄새를 맡으며
잃어버린 대지를 찾지 않겠다
모든 밥벌이가 단기계약이듯
사랑도 이제 막바지다
새끼들 칭얼거림을 다 듣고
아내의 지친 한숨도 내 것으로 한 다음에야 노래는
터져나올 것이다
깨어진 기억은 길가에 치워져 있다
천장이 한없이 낮아
일찍 취하는 주점에서
마시고 내린 빈 잔을 가슴에 가득 담을 것이다
사랑은 막바지고
외로움도 좋다
백척간두가 내 힘이다

그러나 다시 노래는 울고 말 것이다
끝내 오고야 말 폐허까지
폐허의, 폐허의 아침까지

아이를 기다리다

아이는 자정이 다 되어서야 학원을 나왔다
두 대째 피우던 담뱃불을 끄고
아직 미숙한 아이의 꿈을 보듯
어두운 하늘을 올려다봤는데
결국 이리 된 건 그 까닭이 있는 거라고
아이는 지쳐 있었다
바람의 노래를 아니? 그러나
꺼져버린 불꽃의 폐허 한가운데서
네온싸인이 너무 밝구나
계몽의 욕망이 아니라
아이에게 미처 건네주지 못한 뭔가가 내게도 있다
회오리 같은 운명의 힘을 믿는
어떤 기운이, 배신 속에서
아찔한 타락의 낙차를 겪으며 얻은
비바람 가득한 혼돈의 힘이
아이는 자정이 다 되어서야
내 앞에 나타났다

무거운 가방을 어깨에 메고 애비를 바라보는 눈빛에
핑 어지러웠다
결국 이리 된 건 그 까닭이 있겠으나
지금은 사랑에 대한 믿음뿐이라고
그래도 앞서 걷는 아이의 등이⋯⋯

철조망 앞에서

길은 여기서 끝이다

앞을 가로막는 가시철조망이
천길 낭떠러지인 줄만 알았는데

귀 밝은 고라니 한 마리
조금 더 앞으로 나아가고자 하는 내 마음을
바람결에 쫑긋 들었는지
덤불 속으로 후다닥 사라진다

부족한 먹이 때문에
동생 해오라기를 둥지에서 밀어낸 형 해오라기나
추락한 핏덩이를 입에 물고
눈빛을 번득이는 너구리에 대해서는
아무 말 하지 말기로 하자

알에서 막 깨어난 꼬마물떼새 새끼에게

서늘한 입을 벌린 채 달려드는 살모사보다
길을 뚝 끊어버린 가시철조망이
어쩌면 더 처참한 비극이지만,
알고 보면 우린 모두 비극의 자식들이다

그러므로 길은 여기서 끝나고
철조망 너머에서
노란 달맞이꽃들이 딴세상을 이뤘다

세상은 나무가 바꾼다

이 세상은 나무의 것이다

사람 사는 일이 아름답지 못할 때
숲에 들면
나무는 얼마나 많은 목숨을 살리는지
내 뼈마디가 다 꺾인다
햇빛을 향해 속살 말랑말랑한 가지는
휘어지고 문득 방향을 틀었지만
그건 억지도 도식도 아니다
햇빛도 나무 때문에 지구에 온다
나무는 햇빛의 속마음을 제 잎사귀에 적어두고
나머지는 온갖 꽃이나 벌레 들의 색깔과
뭇 짐승의 체온으로 돌려준다
그래서 만산홍엽이다
사람들은 세상을 위해 무엇 하나 하는 일이 없는데
나무는 제 일이 세상 일이고
세상 일이 제 일이다

지난여름 그 무서운 태풍과 겨뤄본 듯
내 허벅지만한 나무 한 그루,
입동 가까운 세상에게 제 몸을 말려 건네주고 있다
이 세상은 나무가 바꾼다

독도

파도의 말은 섬이 듣고
섬의 침묵은 파도가 노래한다
출렁이는 난바다 한가운데
깃발과 함성이
경비정의 엔진음이 소용돌이치는 건
오래된 사람들의 일일 뿐
다만 독도는 혼자 뜨겁다
수평선과 떠오르는 붉은 태양과
시푸른 바다의 격랑과만 뜨겁다
깃발은 가라
식민주의의 음험한 북소리는 가라
끝없는 탐욕도 미움도 가라
동서남북 망망대해는 활짝 열렸고
말없는 섬에는
지구의 피가 흐를 뿐
별자리의 거대한 음악이 울릴 뿐
국가는 가라

침략도 영원히 사라져라
파도의 노래가 끝없는 곳에서
홀로 독도만 뜨겁다
밀려왔다 밀려가는 찰나만 영원하다

석유는 독배다

낡은 트럭이 무거운 짐에 허덕이며 지나갈 때
사람 가득 탄 마을버스가 힘쓰느라 부릉거릴 때
그 매캐한, 역겨운 현기증부터
서울은 내게 가르쳐줬다
그게 그렇게 싫어 아이 손 잡고
꽃피는 거, 콩싹 돋는 거 바라보다
다시 울며 되돌아온 게 수년 전이다
그래서 나는 석유가
세상을 움직이는 힘이 아니고 거시기가 아니고
지구의 밑바닥에서 쿨렁이는 핏줄기가 아니고
나를 죽이는, 내 아이의 뼈를 좀먹는
독이라고 생각했는데
결국 내 핏줄에도 석유가 돈다고 몸서리쳤는데
그걸 오늘은 미국의 전투기가, 미사일이 입증하고 있다
검은 피에 눈멀어 붉은 피를 뿌리고 있다
피 묻은 전투복이 남루를 찢고
일가(一家)의 담벼락을 깨부수고 있다

아, 소용돌이치는 현기증이여
눈 큰 아이가 팔 두짝 다 잃고 넋으로 울 때
죽은 남자를 끌어안고 아내 또래의 여인이 통곡을 할 때
탱크의 굉음이여 자동화기 총탄의 빗줄기여
토머호크의 불기둥이여
몸 밖으로 튕겨져나온 흰 뼈마디여
석유는, 석유는 독배다!
미치광이다 마약이다!
몸 안에 깨진 얼음더미를 쑤셔넣는 흉기다!
그걸 내가 타고 입고 등 지지고 있으니
밥술 뜨고 있으니
이라크여 절규여,
자욱한 모래바람이여!

이제는 말하지 말자

더이상 우리의 비밀을 말하지 말자

아무도 몰래 심장 안에서 타고 있는
그러나 아슬아슬하게 박동치는
이 작고 소중한 불씨를 큰 소리로 발설하지 말자

빼앗김과 패배와 주저와
타고난 나약함으로 거듭 담금질했던
찢기고 내쫓기고 끝내 외면당했던
그렇게 한 해 두 해, 혼자 힘으로 길을 걸어
우리 자신의 가슴마다 지금은
봄날 창틀의 먼지같이 쌓인 것

더이상 저들에게 함성으로 알려주지 말자
더이상 저들에게 노래를 불러주지 말자

아직도 굳게 닫힌 공장문과

높아만 가는 거대한 빌딩과
기름진 회전의자와 버캐 같은 웃음과
심오한 상징과 난해한 문화들에게

이제는 등을 돌리자

아무리 부르짖어도 듣지 못하는
저들과 이제는 절교하자
저들이 우리에게 가르쳐준 어떤 음모 같은 것
은밀한 거래나 폭력 같은 것
희망이라는 부도 난 어음 따위도 되돌려주자
아무도 몰래 심장에서 타고 있는
진짜 우리 것,
아주 작고 작은 것,
약간만 방심해도 신기루처럼 사라져버릴지 모를
우리 모두의 것을
이제는 비밀처럼 간직하자

뚝방 아래 핀 씀바귀꽃 같은 것
바람 따라 반짝이는 물비늘 같은 것
여자의 손톱에 부끄럽게 칠해진 매니큐어 같은 것
자동차도 권력도, 한 평의 땅도 도저히 될 수 없는 것

하지만 언제나 우리 안에 가득 차
범람하려 일렁이는 것
자신마저 지우며 흘러가려 하는 것
까마득히
까마득히

제4부

사랑의 힘

어제와는 또 달라졌어
입동 하루 전에 찬비가 내리고
두꺼운 옷을 내 입고 강을 건널 때
어제로는 다시 돌아가지 못한다는 거
끝까지 가야만 처음에 도달한다는 거
분명 어제와는 달라졌어
몸서리쳐지는 도약 아니면 추락일지도 모르지
두려움일까
아픈 기쁨일까
오늘은 어지러운 모습으로 달라졌어
써지지 않던 시가 급습할 것만 같지
이게 다 사랑의 힘인 것도 같고
지금껏 자초한 일들의 숨가쁜
업보인 것도 같고
하지만 더 아파도 좋다는 고독이 찾아왔다는 느낌에
나는 강을 건너고
눈앞은 여전히 황야야

별들이 가득 울고 있는 전율이야

더듬거리다

기억의 알맹이가 사라지는 일이 잦다
바뀌기 전의 가게 이름이나
신축공사가 끝나기 이전의 공터가
더러 기억에서 사라지는 것이다
애써 관심을 갖지 않은 탓인 줄 알았다가
그것 말고도 틈새가 너무 많아졌다는 걸 알게 되었다
얼마 전 만난 이름이 사라지고
아이가 묻는 질문이 백지가 되어 내게 온다
듬성듬성 더듬거리는 일이 잦다
너무 많은 것을 기억하고 있는 몸이
이제는 뭔가를 덜어내고 있는 것도 같고
아니면 세상의 일들을 담아내기엔
영혼의 전압이 현저히 떨어진 것도 같지만
그런 자학도 이제는 더듬거리기로 했다
검은 구멍을 품기 시작하는 것
그 속으로 사라져가는 기록들을 바라보면
어떤 훈김이 목덜미를 휘감는 느낌이 드는데

그게 낯설지가 않은 것이다

조금 더 더듬거리게 되는 것이다

낫

안으로 향한 마음이
더 번득이는 법이다

마치 먼 우주에서 힘겹게,
그러나 맑게 와닿은 별빛처럼
날이 빛날 때

어느새 적을 닮은 내가
먼저 쓰러진다는 얘기,

피 흘린다는 말은
나를 베는 고독만큼
강해진다는 뜻이다

아침 식전부터 논두렁 깎다
땀에 흠뻑 젖은 등처럼

그 힘으로 펄떡이는 들판처럼

품어야 산다

어머니가 배고픈 아기에게 젖을 물리듯
강물의 물살이 지친 물새의 발목을
제 속살로 가만히 주물러주듯

품어야 산다

폐지수거하다 뙤약볕에 지친
혼자 사는 103호 할머니를
초등학교 울타리 넘어온 느티나무 그늘이
품어주고,

아기가 퉁퉁 분 어머니 젖가슴을
이빨 없는 입으로 힘차게 빨아대듯
물새의 부르튼 발이
휘도는 물살을 살며시 밀어주듯

품어야 산다

막다른 골목길이 혼자 선 외등을 품듯
그 자리에서만 외등은 빛나듯
우유배달하는 여자의 입김으로
동이 트듯

품는 힘으로
안겨야 산다

막

내가 아직 이 강을 건너지 못하는 것은
생활에서 분비되는 끈끈한,
사랑이 없기 때문

어젯밤에도 나는 흔들렸고
의심했고, 괴로웠다

사랑은 뜨거운 게 아니라
미끈거리는 것, 점액질 같은 것,
항상 허공이다
막(膜)이다

당신 입술에서 불길을 느낄 때
그건 당신이 흘린 막 때문이리라
나는 아직 그게 없어서
강 건너편에
눈만 짓무를 뿐이다

막,
저세상에 접속되는 플러그!

몸을 섞다

영국사 앞 천살 먹은 은행나무는
제 몸에서 다른 몸을 키우고
제가 떨군 은행알이 싹 틔운
자식나무와도 몸이 붙었다
그렇게 자기 아닌 것들과 몸 섞어가며
천년을 살았단 말인가
지금도 시퍼런 은행알을 가득 매단 채
바로 옆 계곡물 쪽으로
자꾸 늙은 가지를 늘어뜨리는데
바람 없는 한낮 폭염도
그 아래께서는 깊은 그늘이 된다
땀 흘리며 거기까지 오른 나더러
내려가거든 다른 몸과 섞여 살라 한다

나무은행나무불!

장다리꽃

신광명교회 옆 공터에 핀
장다리꽃은 노랗다
나는 늘 집 앞에서 머뭇거렸다
찌개를 끓이는 동갑내기 아내와
항상 크는 아이들이 나를 기다리지만
엊그제 홧김에 깬 술병 조각에
피 흘리는 건 바로 나다
좀더 가벼워지고 싶어
이 세상에서는 조금씩 지워지고 싶어
집 앞에서 늘 딴세상을 생각하는데
노란 장다리꽃은 공터에서
바람이 되었다가 햇빛이 되었다가 한다
그럴수록 더 노랗다
봄 한철 내내 그럴 것이다

울음들

강(江)의 울음은 듣는 귀를 울리지
바위의 울음은
한낱 떠도는 자를 울린다네
그러나 4월에 핀 목련꽃 울음에
가출한 여자애도 울듯
가난한 가장의 속울음에
별들이 따라 반짝반짝 울듯
울음은 우는 자에게 들리지
울음은 울어야 할 것들에게 전해지지
수컷 새의 애달픈 울음이
암컷 몸에 뽀얀 알을 심어주듯
울음은, 괴로운 자여
탄생이지
지평선이지
하늘의 울음은 땅을 울리고
바다의 울음은
고깃배를 울리지

눈부신 백사장을 홀라당 울린다네
갓난아기도 죽음도
울음뿐이듯
기쁨도 슬픔도 울음으로 통한다네

살구나무에 대한 예의

이파리 무성한 작은 가지 사이에서
새들이 지저귈 때,
살구나무는 벌써
벌레도 진저리칠 열매를 꿈꾼다.

그 아래를 지나는 사람은 발걸음을 멈추고
깊이 귀 기울여야 하리라!

산책선(禪)

봄 숲에 애절한 새울음이 없다면
연초록 새순의 힘은 좀 부쳤을 것이다
길 많은 세상에서 눈이 어두워져
혼자 숲속을 걸을 때
단 한 길이 내 영혼처럼 뜨거워진다
한번도 없었던 적이 없었으나
아무도 가지 않은 길,
연초록 새순에 비끼는 햇살이
눈을 가늘게 뜨게 한다
새울음에 함께 공명하는 건 가난한 사랑이거나
끝내 걸어야 할 내 안의 길인데
그게 혼자 걷는 동안
한없이 밀려왔다 밀려가는 것이다
보석 같은 고독이 아주 천천히 퇴적되면서

봄비

봄비라면, 이렇게
이렇게 내려야지
살금살금 보슬보슬 돌멩이도 그 안이
추적추적 젖도록 내려야지
엄마 뱃속에서 눈감고 있는
핏덩이의 맥박처럼, 그렇게
내려야지 기다려도 기다려도
가진 건 울음뿐인 사람들
잠시 처마 밑에 웅크려앉아
메마른 영혼에 뚝뚝 듣도록 내려야지
흙더미를 밀고나오는 새싹처럼
고물고물 방긋방긋
그렇게 힘차게 힘차게
오는 듯 안 오는 듯 티도 안 내고
가득가득 내려야지 봄비라면 꼭,
설레는 내일의 리듬으로
그러나 오늘의 목소리로 꿈틀꿈틀

아무런 제한 없이 규정 없이
까마득히 내려야지
두근두근 왔다갔다 구름을 가르듯이
구름을 가르듯이

거미를 보내며

산책길부터 나를 따라왔을까
우리 아이 귓불에 있는 까만 점만한 거미 한 마리
컴퓨터 자판 위를 건너가고 있었다
가만 손을 뻗어 손가락을 내밀자
몇번 방향을 돌이키다 보이지 않는 줄을 걸었다
사무실은 사방이 막혀 거미의 길은
어디에도 보이지 않았다
내 셔츠의 흰색만 보고 쏠리던 벌레들처럼
맹목은 죽음의 길이거나 혹은 약동의 길, 그러나 나는
복도를 걷고 계단을 내려가 작은 화단에
여린 거미를 보내며 이슬비 같은 인사를 했다

다시는 나를 따라오지 마라,
그건 죽음의 길이다

마침표 하나

어쩌면 우리는
마침표 하나 찍기 위해 사는지 모른다
삶이 온갖 잔가지를 뻗어
돌아갈 곳마저 배신했을 때
가슴 깊은 곳에서 꿈틀대는 건
작은 마침표 하나다
그렇지, 마침표 하나면 되는데
지금껏 무얼 바라고 주저앉고
또 울었을까
소멸이 아니라
소멸마저 태우는 마침표 하나
비문도 미문도
결국 한번은 찍어야 할 마지막이 있는 것,
다음 문장은 그 뜨거운 심연부터다
아무리 비루한 삶에게도
마침표 하나,
이것만은 빛나는 희망이다

어둠에게 내미는 악수

김해자

1

포철공고 졸업하고 91년 육군 만기제대하고 서울로 입
성한 '나'에게 서울은 "매캐한, 역겨운 현기증부터" 가르
쳤다. 수많은 일자리를 전전하던 나는 가슴에 박힌 대못,
어머니에게 편히 쭈그려앉아 천천히 숨쉬며 먼 산 바라
볼 햇살 환한 텃밭을 안겨주고, 좁은 거실에서 복작대는
아직 어린 자식새끼들에게 담도 울타리도 없는 환한 마
당에서 맘껏 뛰어놀게 해주고 싶어서 무작정 사표를 쓰
고 시골로 내려가, "아이 손 잡고/꽃피는 거, 콩싹 돋는

거 바라보다"(「석유는 독배다」) 울며 되돌아왔다. "서울을 떠날 때보다 추레해진/사진도 붙이고, 맘에도 없는/기회를 주신다면 열심히 일하겠습니다,/로 끝나는 자기소개서를 덧붙여 (…) 마치 아귀다툼 같아서 떠나온 곳에게/무릎을 꿇"으며 이력서를 다시 쓰고 말았다. "밥 때문에/삐쩍 마른 자식놈 눈빛 때문에/이렇게 내 영혼을 팔려는 짓이/옳은 일인지 그른 일인지" 알고 싶지 않지만 "나는 이렇게 늘 패배하며"(「우체국을 가며」) 살아왔다.

기다려도 기다려도 가진 것은 울음뿐인 사람들 안에 내가 있다. 의식과 지향으로서가 아니라 존재 자체로 떠밀려 밥 벌어먹고 살아내야 하는 게 내 삶의 조건이다. 하지만 굴욕스럽고 때로 치욕스럽기까지 한 꽁꽁 묶인 밥의 사슬이 선물한 게 있다면, 뜨거운 밥은 달고 진실하다는 것이다. 비정규직 노동자들이 일을 더 하게 해달라고 농성하는 그로테스크한 현실에서, 치욕을 온몸으로 뚫고 지나가는 처절하게 아름다운 절규들, 그것을 바라보아야 하는 슬픔과 괴로움이여. 비참하면서 고귀하고, 추하면서 아름다운, 쌓아둘 게 없는 가난한 자들의 몸이여. "내 몸을 구석구석 착취해달라는 절규 자체가/너무 지독한 치욕인데/치욕에 대한 예의도 모르는 자들에게/무엇보다,/우리가 먹는 밥이 뜨거운 까닭이/자신들의

착취 때문임을 죽어도 알 수 없는 자들에게 / 더 일하게
해달라며 검게 타버린 영혼을 / 남김없이 보여줘야 하다
니"(「비창(悲愴)」).

화장실 앞에서 밥을 먹어야 하는 작은 집에 살면서 나
는 "들어오고 나가고 먹고 싸는 일 / 그치지 않는 이 단순
한 형식이 결코 가볍지가 않"다는 것을 날마다 배운다.
"간신히 세상의 끄트머리에 매달려 사는 동안 / 내 안에
쌓인 게 아무것도 없다는 게 / 얼마나 경이로운 일인가
(…) 얼마나 고마운 가난인가" 생각하며 밥을 먹는다(「화
장실 앞에서 밥을 먹다」).

"밥 버는 일, 새처럼 쓰린 걸 물고 와서 / 아이들 앞에
달게 내놓는 일이 결국은 / 계통 없는 구김을 만드는 것이
다 (…) 지난 시간의 굴욕을 황급히 손사래치며 / 반듯하
게, 아무렇지 않게 펴는 일이다 (…) 또 한주일 동안 접혀
질 구김을 미리 길들이기 위해 / 남몰래 치르는 비겁한 의
식인 것이다"(「다림질」). 나는 그 비겁함과 굴욕을 어찌할
수 없이 통과해왔다. 혼자 다니는 일이 없는 단짝친구인
가난과 아픔을 양팔에 끼고 사는 건, "아프고 아파서 아
픔이 웃을 때까지 / 천천히 가는 길"(「아픈 세상」)이다. 없
는 돈 때문에 나 대신 아내의 목소리는 늘 쉿소리를 내지
만 "내 꿈은 은행빚을 탕감받는 게 아니라 / 이 비루함을

더 큰 비루함으로 완성하는 것, / 그게 혼자 끙끙대는 혁명이다"(「쉿소리」).

　나의 혁명, 즉 내가 치욕과 굴욕을 벗어나는 길은, 분노나 구호나 원한의 화살이 당도할 확연한 정답과 대안을 제시하는 직선도로가 아니다. 나에게 그 길은 우회하는 것, 누군가는 "부딪쳐 흘려야 할 피를 피한다고 욕하"기도 하겠지만 "강물을 따라 가는 길"이자 "산모퉁이를 돌아가는 길"이다. "풍경을 훔치려는 허튼 욕망"의 얼굴들과 크게 다를 바 없지만 "까마득한 벼랑을 옆구리에 끼고 도는 길"을 몸으로 넘어서는 것이 나의 길이다. "조금 늦게 도착"할지, 아니 "영영 떠도는 길"이자 "혼자되는 길"일지 모르지만 "심장이 뜨거워지는, 괴로운 길"인 줄 알지만, 벼랑을 걸으며 "곧장 가며 흘릴 수 있는 피의 색깔을 / 잠깐 꽃에게 물어보"며(「우회하는 길」) 저마다의 얼굴을 깊이 들여다보며 가는 길이다. "사람이 만든 길을 지우지 못해 / 풀꽃도 짐승의 숨결도 사라져가고 (…) 산모퉁이도 으깨어져 신음"한다. "사람이 만든다는 제법 엄숙한 길을 / 언젠가부터 깊이 불신하게" 된 내게 길은 머릿속 설계도가 아니라 행위로서의 길, 묵묵히 걷는 고단한 발의 길이다. 그러므로 "지상에서 가장 큰 경외가 / 당신의 발을 씻겨주는 일"이 되었다. "두 발이 저지른 길을 대신 지워주는 의례"이기에(「발을 씻으며」).

아무 형식도 없는 단순한 몸의 생리와, 의지와 당위와 이성이라는 물건은 늘 내 속에서 싸우고 있다. 하지만 그 형식 없는 단순함이 진실의 얼굴이요 나를 살게 하는 힘이다. "쌓아두지 않는 게 몸의 운명인데/내가 지금껏 한 고백들, 선언들, 다짐들은/모두 무언가에 짓눌려 뱉어진 것"으로 "내 업이 되어버렸다"(「아침 똥」). 날마다 새로운 몸, 날마다 내보내고 축적하거나 저장하지 않는 현재형의 몸, 욕심부리지 않는 몸, 거짓을 모르는 몸, 지상의 형식인 몸. 지향과 의식이 하늘과 비상의 영역이라면, 몸의 세계는 남루한 대지의 영역이다. 정신과 이성의 영역이 많이 가진 존재들의 점유지라면 몸과 육체의 세계는 몸 밖에 팔아먹을 게 없는 가난한 자들의 고단한 대지다. 몸과 발을 통과하지 않고서 비상은 없다. "새는 대지의 힘으로 난다/날아오르는 순간도 그렇지만/하늘에 긋는 불립문자들도/발목에 쟁여진 대지의 힘으로 쓴 것"이 아니던가(「새는 대지의 힘으로 난다」). 하지만 대지의 세계는 더이상 기입할 자리도 없는 패배의 이력만을 안겨주었다. 어제도 오늘도 나는 졌다. 하지만 지는 것보다 아픈 것은 삶이 나에게 던져준 굴욕의 총량을 채워야 한다는 데 있다. 늘 함량초과의 굴욕과 패배 앞에서 내가 "해야 할 일이 있다면 다시 싸움을 맞는 일"이다. "이게 승리나 패배보다 먼저"인 것이라 자문하는 것이다. 패배와 굴욕에게 한바탕 웃어주고 '눈빛 텅 빈 침묵'으로 돌아가는 것이다(「패배는 나의 힘」).

2

내게 말은 낮은 몸이자 비루한 삶의 냄새로 온다. 어둠 속에서 "풀잎이 들려주는 목소리가 / 혁명의 노래"는 아닐 것인가. "갓난아이의 배냇짓 같은 (…) 단지 밥 넘어가는 목구멍의 깊은 울림 같은 / 낮은 목소리"가 나를 구원하는 것 아닌가. "너무 낮고 낮아 / 보이지 않는 / 들리지 않는 / 우주의 선율"이 참다운 혁명이 아닐 것인가. 오래 말없이 걸어도 편한 동지는 아닐 것인가. "바람에 흔들리다 / 끝 내는 떨어지는 나뭇잎의 비명이 / 들리지 않는 거대한 침묵"이 상처를 밀고 넘어오는 기쁨이 아닐 것인가(「낮은 목소리」).

"명확한 답을 가지고" 있어 "타락도 비굴도 모"르는 직선과 계몽의 목청이 아니라, '울음'마저도 잊어 '매음이나 깨달음이 한얼굴 같다는 의문'을 주는 큰 목소리가 아니

라(「변명」), 소용돌이 같은 상처에서 자라 아물지 않은 흔
적으로 세상에 맞서는, '흐르는 말'이 진짜 말이다. 현재
진행형으로서의 말, 나를 성장시키는 말, 나를 구원하는
말. "말이 되지 못해 스스로 어두워진 상처가/지금도 용
암처럼 넘쳐나와/나를 만들고 있는 것"은 아닐 것인가
(「상처에서 자라다」). 어두워진 상처에서 내가 자라고 관계
가 자라고 이미 오랜 과거가 되어버렸을지 모르는 사랑
이 자란다. 낮게 어둠속에 엎드려 "새끼들 칭얼거림을 다
듣고/아내의 지친 한숨도 내 것으로 한 다음에야 노래는
/터져나올"지도 모른다. "모든 밥벌이가 단기계약이듯/
사랑도 이제 막바지"이지만 "깨어진 기억은 길가에 치워
져 있"지만, 노래가 저절로 젖어 울음이 되는 "백척간두
가 내 힘"이자 사랑의 노래다(「예감」).

내 안에 갇힌 내가 문을 박차고 나와 나 아닌 것과 살을
섞는 일, 그것이 관계의 확장이자 혁명의 완수다. "영국
사 앞 천살 먹은 은행나무"처럼, "제 몸에서 다른 몸을 키
우고/제가 떨군 은행알이 싹 틔운/자식나무와도 몸이
붙"은 천년 나무처럼. "자기 아닌 것들과 몸 섞어가며 (…)
깊은 그늘"이 되어주는 나무처럼 다른 몸들과 섞여 사는
몸과 살로서의 삶(「몸을 섞다」). 그것이 도처에 널려 있는
죽음을 정지시키고 재생을 가능케 한다. "살이 말을 녹"

124

이고 "살이 얼었던 마음을 녹"이고 "굳어버린 영혼을 살
린다."고체가 아니라 흐르는 강물 혹은 달빛 같은 액체로
서의 살이 흐르면 내 말은 노래가 되어 흐른다. "나무의
살과 새의 살이 / 녹아 흐르는" 새의 울음처럼(「흐르는 살」).

3

여기까지 황규관 시인이 되어 글을 썼다. 써주지 않으
면 발문 없이 간다는 협박에 가뜩이나 안 돌아가는 머리
로 쓰자니 그 길밖에 없었다. 『패배는 나의 힘』에 대한
객관적 비평과 해석은 평론가의 몫일 테고 감상은 독자
의 몫일 터이니 나는 그냥 황규관 시의 속내로 들어가 시
를 잉태한 첫 자리와 씨알만 잡아보기로 하였다. 가만히
들여다보니 실직한 기간에 금강경이나 베끼고 살던 후배
황규관이 대체 뭐를 붙들며 살았는지 희미하게 보이는
듯도 하다.
시인으론 나보다 선배인 황규관을 만난 곳은 구로공단
언저리다. 가리봉 삼립빵공장 담 건너 목욕탕 3층에 있
던 구로노동자문학회 사무실에서 밤에 모여 시를 쓰고
곧잘 가슴에 멍이 드는 합평이란 것도 하고, 존경하는 문

인들 초청해 공부도 하던 시절. 혈기왕성한 구로동·인천·부천 파르티잔, 송경동·조혜영·문동만·안기현·문선옥·김사이·이설야·이만호·황규관이 걸어나왔다. 소설가 이인휘·안재성·윤동수 선배 등이 길을 터주고 시인 오철수가 후배들을 일으켜세우던 곳. 이제 60호 나이를 먹은 노동자 잡지『삶이 보이는 창』이 만들어지고 전국노동자문학연대 행사와 공장문학의 밤 등 늘 거리에서 있어야 할 잡다한 일들이 모의되던 곳, 가리봉. 낙관과 이상과 진보라는 낱말 앞에서 늘 조금씩은 삐딱했던, 제도와 계몽과 합리보다 탈주와 내면의 열림과 어둠을 친구 삼던, 하지만 쾌활하고 밝고 진실한 자유주의자 황규관이 유일하게 자청한 관직이 장난삼아 결성한 '해자당' 사무총장인데, 나도 모르게 비밀리에 당수가 된 죄로 나는 이전 시집에서 이번 시집까지 오는 동안 더 깊어진 어둠의 얼굴을 찬찬히 들여다보고 있다.

이전 시집『철산동 우체국』(1998)에서 시인은 스스로를 어둠이라 불렀다. 내 길도 내가 꿈꾸는 세상도 나와 온전히 밀착되지 않기 때문에. 그렇다면 어둠의 반대편에 누가 있었는가. 그대가 있었다. 사랑이 있었다. '그대가 나를 지우는 빛'이었다. "나는 그저/잠든 그대의 머리맡에서/으스스한 적막으로 서성이다/그대의 눈빛이 창문을

밝힐 때 / 흔적도 없이 사라"지는 어둠이길 주저하지 않았다(「봉천동」). 나를 지우는 길이 빛이라니. 어둠은 내 영혼에 각인되어 "어머니와 내가 아버지에게 버림받았던" 기억이 "내 사지에 박힌 채 빠지지 않는 못"으로 남아 있었다. 희망과 내연의 관계인 어둠은 내게 역설적으로 "내 안에 점등되는 희망"이 되어주었다. "아무리 누더기일지라도 (…) 과거로 기둥을 세우고 서까래를 올리고 / 그 처마 밑에서 피 흘리"게 하였다(「과거로 지은 집」).

세상은 어둠투성이인데 그런 세상에서 섣불리 빛(희망)을 이야기하는 무책임, 즉 거짓을 용납하지 않겠다는 것, 그것이 어둠을 직시하게 만들었던 것일까. 그래서 기꺼이 세상의 어둠에 나를 섞는 길을 택했던 것일까. "어둠이 길을 지운다고 생각했지만" 실은 "빛이 길을 기만했을 따름"이기에, 빛은 "피 흘리는 사투도 없이 / 사람을 유혹하기"(「어둠은」) 때문에. "어둠속에서 불빛 하나 꿈꾸다 / 기어코 생살 찢는 고통을 날개와 맞바꾸었지만 / 살아보니 다 속임수였음을" 알아버린 탈진한 나방의 죽음을 연민의 눈으로 바라보던 시인은 "날개도 불빛도 다 삶의 허방에 불과한 것"을 너무 일찍 알아버린 것이다(「나방의 죽음」).

그런데 빛을 향한 질주는, 빛에로 높이 날고자 하는 욕망은 무참한 후회뿐일까. 어둠과 빛을 동시에 껴안는 노래는 욕심이었을까. "한때는 지긋지긋하게 싫었"지만, "일몰에 마음 다쳐 세상 헤매다 / 생애 거덜난" 내가 머뭇거릴 때, "내 어머니 맨발로 달려나와 / 아이고 내 새끼 아이고 내 새끼 / 얼싸안고 내 등 쓸며 우시던 (…) 우리집 앞마당"(「유토피아」)이 유토피아가 되는 경지에선 더이상 어둠도 빛도 없다. 경계가 사라진 곳, 어둠인 내가 밝음이자 동시에 어둠인 어머니와 우리집 앞마당에 안기는 이 순간이야말로 (삶은 물론 시적으로도) '허방'이 '해방'이 되는, 우리에게 어쩌다 오는 축복의 순간들은 아닐까.

　시인은 이번 시집에서도 여전히 이 세계엔 빛이 과하다고 느낀다. 세상은 지나치게 빛을 추앙하고 흠모한다. 하지만 어둠과 무명은 빛의 배경으로만 존재하지 않을 터, "어둠을 비추는 힘은 불빛에게 있지 않"을 터이다. "가을햇빛에 드러나는 세계의 형형색색이나 / 쪽빛 하늘에 뜬 흰 뭉게구름이 / 가장 낮고 고독한 / 영혼의 눈빛에게 나타나듯 // 무명이 백광(白光)을 품"지 않던가. "바람도 함성도 / 모두 무명의 가늠할 수 없는 힘"에서 나오는 게 아니던가. "타오르는 불길 속에서 / 거대하게 일렁이는 / 종잡을 수 없는 무명"이 아닐 것인가(「무명」). "한강가에 켜놓은 가로등 수만큼은 함성이 있어야 / 혁명이라 믿었

던 때도 있었지만/백로 지나 우는 귀뚜리 울음에/귀가
지금껏 젖어 있다/퇴행이라 해도 좋으니 이제는 세상의
불빛을 끌 때"이다. "지워진 길도 내버려둘 때"다. "내 안
의 불빛도 이만 끄고 바람이 되어 숲과 울 때"가 아닌가
(「이제는 세상의 불빛을 끌 때」).

가난과 굴욕을 몸으로 통과하는 길, 패배와 치욕을 웃
음과 구원으로 완성하는 길, 낮은 목소리로 우회하는 길,
이것이 시인 황규관이 숨겨놓은 길이다. 하여 이 시집은
어둠에 보내는 찬사이자 가난에 내민 악수이자 낮은 곳
에 보내는 보이지 않는 깊은 포옹이다. 어두운 골목길 울
음이다. 가슴속으로 난 길이 있어 울음도 침묵도 내면에
서 공명되는 울음소리다. 저마다의 적막을 견뎌야 하는
어둠속에서 노래가 나온다. "어둠이 영혼의 숨털에 정전
기를 일으키기 때문에"(「어둠은」, 『철산동 우체국』) 우리는
노래한다. 어둠이 존재하는 한 우리의 노래는 끝나지 않
을 것이다.

金海慈 | 시인

시인의 말

시인을 동경하며 시를 쓰기 시작한 때가 20년 전이다.

그래서 나는 시인이 되었는가?

까짓 혼자 끙끙대며 쓴 시가 활자화되었느냐를 따진다면
아니라고 말할 필요는 없겠지만, 사실 너무 오래 결핍에 괴로
웠었다.

그것은 내 콤플렉스 때문이었다. 태생과 어린 시절이 그 배
경이었다. 그래서 나의 이력서는 지금도 허름하고 심지어 영
혼마저 누추하기 그지없다. 혹 내 시에서 '선한 아름다움'을
느끼지 못했다면 아마도 나의 남루가 빚어낸 어떤 왜곡 때문
이리라. 그러나 지금은 변두리에서 혼자 강물을 바라볼 수 있
게 되었다면, 괜찮은 일 아닌가? 혹은 어스름과 통속적인 주
점이라면?

'나'라는 물건은 숱한 인연의 다른 이름이므로 여기까지 오

게 한 인연들께, 그리고 책이라는 형태로 만들어준 모든 산파들께 따뜻한 자동판매기 커피 한잔 드린다. 다들 양지바른 곳으로 가시자.

2007년 12월
황규관

창비시선 281

패배는 나의 힘

초판 1쇄 발행/2007년 12월 14일
초판 3쇄 발행/2014년 4월 3일

지은이/황규관
펴낸이/강일우
책임편집/박신규
펴낸곳/(주)창비
등록/1986년 8월 5일 제85호
주소/413-120 경기도 파주시 회동길 184
전화/031-955-3333
팩시밀리/영업 031-955-3399 · 편집 031-955-3400
홈페이지/www.changbi.com
전자우편/lit@changbi.com

ⓒ 황규관 2007
ISBN 978-89-364-2281-3 03810